산빛 닮고
풀꽃 닮은

산빛 닮고 풀꽃 닮은

© 2023 설상수

초판인쇄 | 2023년 10월 25일
초판발행 | 2023년 10월 31일

지 은 이 | 설상수
펴 낸 이 | 배재경
펴 낸 곳 | 도서출판 작가마을
등 록 | 제 2002-000012호
주 소 | 부산광역시 중구 대청로141번길 3, 501호(중앙동, 다온빌딩)
     서울시 도봉구 도당로 82(방학1동, 방학사진관 3층)
     T. 051)248-4145, 2598 F. 051)248-0723 E. seepoet@hanmail.net

ISBN 979-11-5606-238-7 03810 정가 10,000원

※ 본 도서는 2023년 부산광역시, 부산문화재단 '부산문화예술지원사업'으로 지원을 받았습니다.

산빛 닮고
풀꽃 닮은

설상수 시조집

도서출판
작가마을

강물처럼

머무는 자리보다
가야 할 길이 멀다

자갈돌 흙 모래알
질긴 강풀 그러안고

언제나 망설임 없는
강물로 가야겠다

2023년 가을

설상수

설상수 시조집

• 차례

005 • 시인의 말

산빛 닮고 풀꽃 닮은

산빛 닮고 풀꽃 닮은

설
상
수
시
조
집

제 1 부 ──

행복 시계

꽃무릇

심장을 찌른대도 이보다 진할까요
몸으로 온몸으로 꽃대를 밀어 올려
그대 올 가장자리에 장명등을 켭니다

별빛도 숨어 잠든 천치 같은 밤이 와도
밤이슬 적이 받을 잎새 하나 없어도
그리움 하나만으로 빨갛게 불탑니다

꼿꼿이 지새는 건 기다림도 아닙니다
아람도 하나 없이 짓물러 터진대도
언젠가 다시 만날 날 꿈결인 듯 오겠지요

행복을 굽습니다

불빛도 내려 보는 감천동 산 일 번지
조붓한 골목길에 백열등이 켜지면
저절로 발길 멈춘다
노릇노릇 들기름 내

언짢은 마음일랑 여기 두고 가요
살가운 눈인사에 노을빛 환한 저녁
붕어빵 한 봉지 가득
행복이 뒤따른다

부부

아내의 생일날 해줄 게 달리 없어
입은 적 한번 없는 앞치마를 두른다
닮은 듯 장미 한 송이 넌지시 꽂아놓고

마르고 쪼그라져 볼품없는 돌미역
찬물에 닿는 순간 바다가 출렁인다
온몸이 되살아나며 파도 소리 들린다

아이 둘 출산 때는 땅띔도 못 했는데
고맙다 사랑한다 말로는 다 못하고
점점이 살갗을 여며 속마음을 우린다

죽순

사랑해
좋아한다
한마디 못했는데

지난밤
달 기울고
봄비 살짝 내리더니

그새를
참지 못하고
불쑥 자란 내 사랑

도마마을

끼니를 때우기도 힘든 날이 있었지
가난을 철들게 한 서너 필지 다랑이
굴곡진 논의 지문이 주인을 꼭 빼닮은

돌 쌓고 물길 내어 땀으로 일궜더니
때마다 바람 햇살 별똥별도 지나가고
안개비 말간 앙금이 이삭마다 여문다

때 이른 무서리가 밤길로 찾아들면
잘생긴 반시 먼저 배꼽이 빨개지고
가을이 익는 소리에 온 마을이 따습다

* 도마마을: 경남 함양군 마천면 지리산 자락의 다랑이 마을

히말라야 짐꾼

구부린 어깨 위에 몸보다 큰 짐을 지고
가파른 대산맥을 오르고 또 오른다
태양의 붉은 하루가 설산에 질 때까지

곁눈조차 아찔한 천 길 낭떠러지
뒤따르던 친구가 보이지 않았지만
무작정 돌아보거나 멈출 수는 없었다

가난한 별들 앞에 묻혀버린 곡소리
오늘도 화통처럼 연신 김을 뿜어내며
아버지 할아버지도 그렇게 살다 갔다

누구는 낭만이고 누군가는 목숨인 길
눈 뜨면 오를 곳이 끝없이 아득해도
가야 할 길이 있으니 그 길에 내가 있다

봄까치꽃

맨 먼저 알리고픈
고향의 봄소식을

파랗게 뒤척이다
뜬눈으로 피는 것은

짓궂은 꽃샘추위에
그대 생각 잊을까

시간을 걷는다

코로나 긴 터널에 생각마저 흐린 날
잘 우린 보리차 구름 한 점 둘러메고
한걱정 놓아도 좋을 수원지를 걷는다

수심을 잔뜩 품은 도시를 벗어나면
호수는 하늘 닮고 걸음은 숲길 닮아
칼칼한 바람 냄새가 봄볕인 듯 따습다

사는 게 부친다고 거친 말 내뱉는지
주고도 아낌없는 겨울나무 읽지 못하고
손안에 움켜잡은 채 내려놓지 못할까

첫눈

맨 처음 하얀 고백
파르르 설레다가

부끄럼 잠시 잊고
난분분 춤추다가

수줍게 깍지 낀 약속
소복소복 쌓인다

구덕산 바람났네

며칠 새 마른 숲에 무슨 일 있은 걸까
계곡을 타오르는 바람기 숨길 수 없어
저마다 내미는 입술 사랑비가 나린다

떠가는 구름 한 점 멈춰선 산마루는
봄볕이 불 질러놓은 오색 빛깔 수채화
순간이 못내 아쉬워 마구 찍는 눈 사진

꽃마을 달려가서 탁주 한 잔 앞에 놓고
호숫가 창포 따라 향기를 쫓다 보면
아련한 사랑병 하나 가슴에 확 도진다

달빛 향유

옛친구 찾아올까
차 한 잔 달여놓고

기러기 갈색 울음
운율을 쫓다 보면

문간방
낮은 창가에
달빛 향기 가득하다

아프다

해맑은 눈동자에 굵은 슬픔이 고인다
속내를 알 수 없는 주의력 결핍 장애
괜스레 마주할까 봐 눈길 주지 못했다

생각 없이 내뱉은 화살 같은 말과 말
머리끝 치밀어도 가슴으로 말해야지
힘으로 포장한 꼴이 한순간 무너진다

어여쁜 꽃자리도 아픔이 있다는데
상처 난 그 마음을 어떻게 껴안을까
미안해 정말 미안해 염치없이 아프다

깻단

여름내 쟁여놓은
사랑이 한 다발이다
꽃자리 마디마디 별빛이 알을 슬고
목청 긴 귀뚜라미가 삼화음을 보탠다

타다닥 튀어 볼까
자르르 굴러 볼까
햇살이 불 지피고 갈바람이 보태면
비로소 열리는 하늘 우주가 쏟아진다

산빛 닮고 풀꽃 닮은 · 설상수

제 2 부

내려놓기

거룩한 보시

적천사 앞마당에 우뚝 선 은행나무
보조국사 지눌이 주장拄杖을 심었다는
수백 년 걸어왔으니 참 오래된 밥이다

어깨 위 법당에는 부처님을 모시고
그 말씀 수행하는 공양간이 넉넉하다
길 벌레 수만 마리가 봄처럼 살아가는

내 그릇 축내지 않고 어찌 남을 품을까
떠돌이 생명에게 집 한 칸씩 내어주고
겨우내 일용할 양식 구린내도 향기롭다

서리꽃

달빛이 머물다 간 서운암 장독대에
때 이른 찬 서리가 새하얗게 앉았다
저마다 격전을 치른
잎새마다 영롱한

염치없는 햇살이 이마에 닿기 전에
뾰족이 날이 섰던 그 성정 벗어놓고
홀연히 먼 길 떠나는
노스님의 무소유

초원은 말한다
– 사자

휘날리는 잿빛 갈기
공포의 핏빛 울음

내 가진 절대 힘이
내 것이 아닌 순간

고요한 사바나 멀리
흙바람이 지난다

백운암

밤새 읽은 법문이 솔잎에 맺혀있다
세간의 온갖 번뇌 구름에 씻겨가는
영축산 하늘 한쪽이 가부좌한 절 한 채

법당은 산빛 닮고 스님은 풀꽃 닮은
욕심도 여기서는 풍경에 깃드는지
실바람 고운 합장에 시름 모두 잊는다

무소유길*

불일암 가는 길은 굽이굽이 회초리다
비우거라 내려놓거라 스치는 바람 소리
칼칼한 묵언의 말씀 죽비소리 들린다

사념도 내려앉는 암자에 다다르면
세 평 남짓 요사에 낡은 신발 두 켤레
한참을 머무르고도 욕심 하나 못 버린다

얼마를 더 비워야 처음으로 돌아갈까
손수 만든 의자에 동박새 놀다 가고
마당귀 스님 계신 곳 후박나무 덩그렇다

---

* 무소유길: 법정 스님께서 자주 걸으셨던 송광사에서 불일암 가는 길

화엄벌에 서면

답답한 가슴일 땐
천성산에 와서 서라
파계한 원효가 장삼 자락 휘날리며
억새꽃 수만 송이가 은가루를 날리는

원효암 굽이 돌아
화엄벌에 다다르면
청옥색 간격으로 쏟아지는 가을하늘
산국에 취한 바람이 가슴에 확 안긴다

헌 옷 수거함

버려야 하는 것은
헌 옷만이 아니다

지난날 집착들도
수거함에 넣는다

이참에
무딘 마음도
새 옷으로 갈아입고

정취암

끊일 듯 이어지는
산 첩첩 굽잇길을
흰 구름 따라가다
벼랑 끝 다다르면
실바람 적막을 깨는
풍경소리 들린다

만장萬丈 산마루에
학처럼 고이 앉아
하계下界를 굽어보는
부처를 알까마는
가랑잎 지는 소리에
욕심 하나 버린다

돌탑

아이들
다칠까 봐
하나씩 모았더니
동네 아낙 때마다
촛불을 밝혀 놓고
소망이 쌓이고 쌓여
하늘 귀에 닿았다

간간이
뭇 까치가
소식을 물어오면
지난 상처는 아물고
오늘도 무탈하기를
모난 돌 끌어안으며
금강경을 읽는다

수련

극락암 연못가에
달빛이 머물더니

동트자 확 달아오른
지난밤 풋사랑을

물결이 훔쳐볼까 봐
곧추세운
깨끼발

까막눈

숲에 기대 살면서 숲을 읽지 못한다
음지도 바위틈도 아득한 눈밭이지만
봄볕에 물오른 잎새 수신호가 촘촘하다

때맞춰 비와 구름 바람이 지나가면
몸 섞고 마음 열어 개울을 이루는데
태산을 물려받고도 받아 적지 못한다

가시연꽃

얼마나 힘이 들면
가시 먼저 돋을까

열대야 떫은 잠을
밤새워 뒤척이다

그대 길
새벽 창가에
수줍은 염화미소

시간이 지나고 보니

우리 사는 날들이 나쁜 일만 있으랴
가슴에 못 박혔던 친구의 모진 말도
시간이 지나고 보니 고마울 때가 있다

성냄도 미워함도 내 안에 있는 것을
다투고 넘어지고 아파했던 상처들이
아마도 오늘을 사는 힘인지도 모른다

산빛 닮고 풀꽃 닮은 · **설상수**

제 3 부 ─ 연서처럼

아름다운 복수

혈우병 앓던 강이 개흙을 덮어쓰고
핏덩이 아이를 종일토록 핥고 있다
매립지 낮은 콧등은 아직도 매캐한데

물풀은 물풀끼리 닮은 손금 붙잡고
잔돌은 잔돌 서로 모난 등 다독이며
간밤의 신경통까지 잠재우는 새벽 강

봄날을 뒤척이는 하구를 들춰보면
찢기고 바랜 홑청 살뜰히 그러안는
을숙도 넉넉한 품속 젖비린내 가득하다

울음이 타는 강

그 물길 막지 마라 경고음 여러 차례
한계를 잃어버린 가뭄과 수해 사이
복수를 훅 토해내다 우걱우걱 삼킨다

4대강에 발이 묶여 나앉은 돛단배는
주인도 손도 없이 빚더미 가득 싣고
녹조에 절은 울음을 종일토록 토한다

이 마을 저 마을 연서처럼 돌고 돌며
때마다 사람 냄새 정을 실어 나르던 강
애꿎은 수풀에 갇혀 합병증을 앓고 있다

묵정밭

몸 떠난 지 아득한 계절의 앞섶에서
겨우내 닫힌 빗장 배꼽이 수상하다
지난밤 탯줄을 잇는
산비둘기 놀다 갔나

힘없이 주저앉던 그런 날 다시 없다
햇살이 비껴가도 기댈 곳이 없어도
가랑비 반주에 맞춰
비트박스 터진다

다대포에서

폭우가 휩쓸고 간 하구에 가서 보라
잔뜩 벼른 눈물을 다 쏟고 떠났지만
새하얀 상처가 고운
남쪽 바다 모래톱

사무친 속앓이는 썰물에 흘려보내고
물결의 잠언처럼 가만히 귀를 열면
아무 일 없었다는 듯
서녘 하늘 수채화

열대야

팔월이 펄펄 끓는 아파트 마른 숲에
뙤약볕 칭칭 감고 매미 먼저 찾아와
목청껏 재주 뽐낸다
열두 마당 사랑 노래

사랑가 붉은 뜻을 집집이 배달한들
치솟는 생활비에 수돗물도 아껴 쓰는
꽉 닫친 창문 속 풍경
푸른 웃음 정전이다

애진봉 철쭉

때맞춰 피는 너를 누구라 막을 건가
새침한 꽃바람에 손발 끝 시리지만
이 몹쓸 코로나에도
몽실몽실 앉은 봄

애진봉 마루에서 부산항 굽어보며
흉흉한 세상사를 초록으로 감싸더니
고얀 놈 썩 물렀거라
날핏대로 피는 꽃

가을 서정

지난밤 무서리에 코끝이 시리더니
뒤꼍에 먹감나무 설핏설핏 물들고
누르면 쏟아질 듯이 하늘은 푸르르다

늦가을 한나절은 햇살이 석 섬이다
노랗게 물든 벼 잎 곱게 휜 어깨 위에
배부른 여치 한 마리 구름을 지고 간다

은어

길은 이미 정해졌다 태어날 그때부터
물살을 거슬러서 가슴이 가는 대로
본능의 혈관을 찾아 쉼 없이 가야 한다

절명의 거리만큼 시력이 흐려져도
물 맑은 샛강들의 총총한 은모래도
내 몸의 푸른 비늘은 잠재우지 못한다

징검돌 물막이가 앞길을 가로막고
만삭의 가을 산이 강물을 불 질러도
겉꾸린 어제를 넘는 거침없는 저 여인

불나비

진실로 내 사랑은 널 향한 맹목으로

밤늦은 문 앞에서 가뭇없이 서성이다

그 이마 들이받고는 쓰러지는 것이다

용대리 사내

살갗을 어녹이치는 날밤이 길어진다
산문 밖 소리조차 자물쇠를 채워두고
강마른 지느러미로 사초의 길 묻는다

발리고 코 꿰여도 근본은 살아 있다
속 깊은 상처가 노랗게 아물 때까지
산맥의 궂은 눈발을 봄눈이듯 맞는다

백태면 어떻고 먹태면 또 어떤가
저렇듯 꼿꼿하게 바다를 지우고도
진부령 겨울 설악을 가슴으로 품는다

말매미

칠 년을
한결같이
그리움에 사무쳐도

내 안에
너를 향한
사랑은 끝이 없어

이 한밤
바삐 새도록
피를 토해 울 밖에

다시 8월, 생도生島*

깊이를 알 수 없는 생채기 한가운데
옷깃을 부여잡고 부표로 몸을 던져
누구도 들이지 않는 외돌토리 바위섬

코 베이고 귀 잘린 채 끌려간 형제를
울분마저 사위어 피지 못한 봉오리를
다독여 손잡지 않고 지우려고 드는지

수평선만 바라봐도 신열로 앓던 누이
파도의 뼈를 재워 발아래 꿇리지만
포말로 드리워지는 그 눈물은 어쩌나

한 치 양보 없다 독도에서 마라도까지
절영도 끝자락에 먹물로 새겨놓고
산더미 폭풍 해일을 수직으로 맞선다

* 생도 : 영도 최남단에 위치하며 물결 따라 움직이는 것처럼 보이는 섬.

범칙금

반갑잖은 고지서를
한 달 새 또 받았다

꽉 막힌 출근길
교차로 꼬리 물기

몇 번을 되돌려봐도
변하는 건 없었다

베짱이

타고난 목소리와
물려받은 몸매로

잔디밭 꽃그늘에
노래하고 춤춘다

천둥이 쾅쾅 치는 날
종일토록 울었다

제 4 부 ─ 마음의 양지

호박을 거두며

부모님 안 계시는 게으른 텃밭에도
철 따라 안겨주는 기쁨이 너무 크다
잡풀을 다 감싸고도 잎과 열매 내주는

한가득 고마움에 서툰 손 보탰더니
부끄럼 살짝 번진 꽃송이 향낭마다
꿀벌이 불 질러놓은 가을이 넝쿨째다

평생을 짊어지신 아버지 똥지게가
켜켜이 스며들어 밑 거름이 되었을까
이웃 간 나눠주고도 한 발채가 남았다

군불 밥
– 판곡리 1

저녁노을 핑계 삼아 서둘러 마친 들일

어머닌 삭정이로 군불 밥을 지으시고

아버지 기침 소리에 별이 총총 돋는다

밀양돼지국밥

내이동 강변에서 시장통 가는 길목
가마솥 장작불에 겨울이 펄펄 끓고
깐깐한 쥔 아주머니 부엌칼이 바쁘다

밤새 우린 육수는 밑불만 어언 삼대
쌀밥에 수육 올려 넉넉하게 토렴한
뜨끈한 국밥 한 그릇 보약이 따로 없다

칼칼한 부추 무침 한 젓가락 고명 얹고
청양초 다진 양념 새우젓 간 맞추면
첫술에 딱 반했단다 서울내기 입맛에도

소 판날
– 판곡리 2

큰형님 대학 간 날 어미 소가 없어졌다

마구간 기웃대던 초승달도 저리 울고

아버진 아무 말 없이 대폿잔만 들이켰다

봄날 오후

쇠뜨기 웃음 번진 여우비가 지나면
다랑논 언저리로 부지런 떠는 바람
산 너머 끌고 가는지
구름 한 점 노닌다

들머리 텃밭에는 하마 쇠는 장다리
겉보리 푸른 이삭 까끌까끌 숨어 익고
길섶에 풀벌레 소리
봄날을 업고 간다

봄 마실
– 판곡리 3

목련꽃 환한 저녁
솔가지 밑불 졸고

마실 간 누이는
이적지 오질 않고

어머니 부지깽이 소리
건넛산 부엉이 소리

두레 밥상
– 판곡리 4

나이로 둘러앉은
때늦은 저녁 밥상

콩비지 한 사발에
숟가락이 일곱 개

식는다 어서 먹어라
환히 보채는 저녁달

당나무

고향 집 들어서면 누구라도 묵례하는
내 살던 판곡리 키다리 은행나무
아버지 할아버지가 꽂았다는 지팡이

발 빠른 전염병에 손을 놓던 그때도
떠도는 혼을 불러 굿판을 벌이다가
제 혼자 벌겋게 앓던 증표만 서너 군데

모진 액땜 막지 못한 미안함 때문일까
가을비 찬바람에 울먹울먹 물들더니
영양제 한 가마니를 슬근슬쩍 떨군다

까치밥
– 판곡리 5

부모님 생각나면
달려가는 고향 집

감나무 혼자 남아
가을볕 다 챙겨 먹고

잘 익은 붉은 달 서넛
덩그렇게 매단다

학교 가는 길
– 판곡리 6

재 너머 고갯길로 꼬불꼬불 시오리

다랑논 사잇길로 어림잡아 십여 리

놀다가 쉬다가 가도 선생님이 반긴다

소풍 도진 날

엉덩이 들썩이는 소풍 도진 봄날은
모든 일 제쳐두고 고향 집 찾아간다
명자꽃 붉은 속살이 피붙이로 반기는

청보리 웃자라는 들녘을 돌아들면
새파란 도화지에 곱게 적은 꽃 편지
설레는 발걸음 먼저 실개천을 건넌다

보고픈 이 하나둘 도시로 떠나가도
민들레 괭이밥 재잘대는 담장 너머
봄바람 겨운 수선화 샛노랗게 수줍다

농번기

– 판곡리 7

종일토록 모내고 내일은 품앗인데

늦도록 봇물 대고 두렁 쌓는 아버지

하늘엔 별이 총총히 내 핑계만 빼곡하다

밀양 싸움

미물도 성불하는 단장면 구천 마을

내 하나 사이에 두고 친척도 이웃도 없다 밀치고
엎어지고 다리 질질 끌면서 죽으라 악을 쓰며 머리
채 잡은 날들 무엇을 얻었는가 원수 같은 싸움 말고
심 봉사 헛물켜듯 미봉책이 도진다면 가슴속 천둥
번개를 어찌 다 막으려나

부처도 저만치 앉아 읽던 경을 물린다

마음 연못
– 판곡리 8

동구 밖 등굣길에 작은 연못 있었지

친구랑 놀다 삐쳐 서럽고 속상할 때

뾰로통 내 얼굴 그려 다친 마음 알아주는

제 5 부 — 가다듬다

희망 자소서

인력소 서성이는 백열등 나방이다
못 해본 일이 없고 못할 일도 없는데
불안은 늘 빗금처럼 시리게 금이 갔다

전단지 구인란이 머리맡에 수북하다
수십 장 입사원서 글발을 다듬으며
아직도 기회는 있다 수도 없이 되뇐다

빈 몸으로 살아도 구린 데 하나 없다
쓰러져도 일어섰던 생각을 닦고 죄며
웅크린 어깨를 편다 이제부터 시작이다

출근길

약속된 시간 없이
초야에 묻혀 살면

간섭받고 간섭하고
성낼 일 없겠지만

보채는
아이들 생각
이보다도 신날까

홍시를 만나다

온 세상을 휩쓰는 코로나 난리통에
긴 장마 스무날을 몸으로 삭이더니
늦여름 뙤약볕 햇살이 과즙으로 고인다

이렇게 설레는 건 너를 향한 기다림
태풍도 서넛 가고 더위도 빗장 풀면
심 봉사 동냥젖 같은 가을맛을 만난다

등나무 쉼터

햇살은 얇게 펴서
잎사귀에 담아두고

새순들 누가 컸나
키 재기 하는 사이

요정이 다녀갔을까
주렁주렁 홍보석

어금니가 빠진 날

파란 하늘 한쪽이 벌겋게 금이 갔다
꼭꼭 씹는 즐거움이 한순간 사라지고
푹 파인 잇몸 사이가 폭발한 화산 같다

든 자리는 몰라도 난 자리는 안다고
애써 태연하며 서글픈 맘 달래지만
비웠던 마음도 잠시 시장기가 서럽다

티눈

발가락 깊은 곳에
콩알만 한 씨앗 하나

배경도 밑도 없이
심장을 파고든다

허락도 구하지 않은
주인 행세 얄궂다

구두를 닦으며

얇아진 뒤꿈치에 밑창 하나 덧댄다
깨금발 딛고 서듯 훌쩍 자란 키 높이
부치던 종종걸음이 편자처럼 힘차다

팍팍한 출퇴근을 부릴 대로 부려도
수고를 닦아주면 어느새 환한 얼굴
헤지고 닳았을망정 태를 잃지 않는다

첫사랑

생머리 가는 어깨
어디서 본 듯한데

어릴 적 짝지였나
모른 척 따라가 볼까

행여나
뒤돌아보면
콩닥 가슴 어쩌지

조류인플루엔자

하늘로 가는 길은 어디에도 없었다
예고 없는 기운이 엄습하는 날이면
희뿌연 살균제 너머
저승문이 보인다

얼마를 더 견뎌야 감당할 수 있을까
폐기된 생명같이 제 눈물 다 까먹고
어둠에 부리를 묻고
그믐처럼 울었다

걱정 마라

젊은이 버릇없다
미루어 걱정 마라

늙으면 주책없다
꼬집어 핀잔 말고

백 년을 다시 살아도
철없으니 사람이다

저녁 밥상

서리태 몇 알 넣고
잡곡밥 금세 지어

잘 익은 묵은지에
나물 찬 한두 가지

반백수 저녁 밥상이
이만하면 족하지

자가격리

침묵의 터널 끝을 아무도 모른다

분명 누군가가 천기를 훔쳤으리라 그 심사 그 벼랑
고스란히 돌려받아 사탄의 습격에 날마다 외줄을 탄
다 한 집 건너 한 집은 백기가 나부끼고 못 본 척 모
르는 척 불신만 깊어가는데 아서라 내 탓 네 탓 수염
탓만 하고 있다

힘들게 견딘 하루가 희미하게 저문다

소회素懷

가슴에 풀꽃 하나
가꾸지 않으면서

밤하늘 뭇별 하나
담아내지 못하면서

아이를 가르친다며
사십 성상 머물렀다

산빛 닮고 풀꽃 닮은 ● 설상수

시조집 해설

• • •

사유의 교량과
망설임 없는 리듬

권성훈
(문학평론가, 경기대학교 교수)

사유의 교량과 망설임 없는 리듬

권성훈
(문학평론가, 경기대학교 교수)

가야 할 길이 있으니 그 길에 내가 있다
「히말라야 짐꾼」 중에서

1.

시인의 정체성은 세계로부터 자신을 방어하는 기호로 이루어진 사유의 성곽이다. 그것은 시인과 타자와 구분되면서 다름에서 오는 세계 안의 차이와 내적 변별성을 가진다. 거기에 세계와 존재에 대한 생명의 생성, 성장, 소멸 등의 자연법칙이 시인의 세계관으로 환원되어 자신의 정체성을 드러낸다. 특히 시적 언어로 형상화되는 시인의 정체성은 정형시에서는 원형적인 순환의 고리를 가진다. 거기에 원형적 시간은 과거, 현재, 미래로 구분되며 일정한 간격의 율격을 통해 펼쳐진다. 시인이 인식하는 율격에의 시간은 과거로서 지나온 길을 기록하는 데 쓰인다. 앞으로 다가올 미래에 대해서는 누구도 알 수 없고, 현재라는 시간 또한 그것을 인식하는 순간 곧 과거가 되어버리기 때문이다. 거기에 시조는 일정한 정형율을 통해서 현재에서 과거와 미래를 동시에 증류하여

보여준다.

요컨대 시는 대상을 포착하는 순간 사라져 버린 시간이므로 현재를 말하는 순간에도 사실상 과거일 뿐이다. 마치 "조붓한 골목길에 백열등이 켜지면/저절로 발길 멈춘다"(「행복을 굽습니다」)처럼 깜빡이는 백열등을 인식하는 순간 '멈춘 발걸음'은 이미 과거가 되어 버린다. 시인은 지금 순간의 상황을 지각하는 것 같지만 현재를 거쳐 과거로 흘러가는 시간의 흐름 속에서 미지의 여백을 파악하게 만든다. 여기서 시적 대상은 지나가는 시간 속에 현존재가 있으므로 순간적으로 깜박이듯 정지된 모습을 비추어줄 뿐이다. 이때 시인의 발걸음은 보폭이 되며 시에서 음보가 되는 것에 있다. 시조의 경우 음보와 음수율이 일정한 정형률을 지지하듯 그사이 행간의 여백에서 의미가 파생되는 원리를 가지는 것.

설상수의 이번 『산빛 닮고 풀꽃 닮은』 시집은 세계가 그에게 비추어진 것을, 자신만의 사유로 최대한 '닮고' '닮은' 것으로 형상화하는 것이 특징이다. 그것은 "밤새 읽은 법문이 솔잎에 맺혀있"(「백운암」)듯이 솔잎에 잠시 멈춘 이슬방울을 법문으로 기록한다. '법문'이 곧 '이슬'이며 이슬이 법문을 닮았다는 사유를 드러내는 것이야말로 설상수가 구축하고 있는 시 의식이다. 시간을 건너가면서 세계라는 "호수는 하늘 닮고 걸음은 숲길 닮아"(「시간을 걷는다」)가는 것. 그것이 그가 현실과 이상 사이에서 추구하는 진정한 삶으로 이해할 수 있다. 이처럼 그의 시는 "잘 우린 보리차 구름 한 점 둘러메고/한걱정 놓아도 좋을 수원지를 걷는" 과정에서 정지된 풍경을 생동감 있는 감각으로 존재의 본질을 추리한다. 마치 카메라의 셔터가 사물을 포착하듯이 현재를 언어의 풍경 속에 "순간이 못내 아쉬워 마구 찍는 눈 사진"(「구덕산 바람났네」)으로 인화하며 사유화한다. 그가 보여주는 "맨 먼저 알리고픈/고향의 봄소식을(「봄까치꽃」) 세계에 전하듯이 누군가 발견하지 못한 새로운 것을 전하는 메신저의 역할을 하는 데 있다. 그의 시편이 "파랗게 뒤척이다/뜬눈으로 피는" 순간을 포획하는 응축된 한 장의 사진처럼 우리는 거기서 리듬으로 발굴되는 사유를 발견할 수 있다.

그의 시는 리듬이 가장 오래되고 영속적인 요소라는 것을 시조라는 고유한 정형을 통해 나타난다. 거기에 그가 걸어가는 길 위에서 현시되는 움직임은 길을 가듯 보폭에서 산출되고 음보에서 완성된다고 할 수 있다. 거리와 거리 사이에 존재하는 세계와 사물을 리듬으로 변주하고 형식화하며 시적 대상화한다. 그러한 가운데 시는 구어적인 형태에서 자발적인 사유가 시조 형식으로 복원되는데 옥따비오 빠스가 전거한 "리듬이 없는 시는 존재하지 않고 리듬뿐인 산문은 없다. 리듬은 조건이지만 산문에는 비본질적이다."[1]라는 사실을 확인할 수 있는 덕목이 된다.

---

1 옥따비오 빠스, 김현창, 『시와 산문』, 민음사, 1990,185쪽.

2.

설상수가 보여주는 다채로운 시조의 운율은 "맨 처음/하얀 고백/파르르 설레다가" 떨어지는 「첫눈」같이 떠 있다가 사라지는 거리와 거리 사이를 겨냥한다. 마치 상상이라는 허공 속에 날리다가 인식이라는 지표면에 와 닿는, 그러므로 스며들며 살아 있는 운율과 같이. 그의 시는 생동감 있는 "운율을 쫓다 보면"(「달빛 향유」) "생각 없이 내뱉은 화살 같은 말과 말"(「아프다」)이라는 비본질적인 산문적인 언어를 발효시킨 인식이다. 거기서 "머리끝 치밀어도 가슴으로 말해야" 하는 숙명을 가지면서. 시인은 운율로서 시적 생명을 유지하는데 이것이 시의 전재 조건이며 언어의 존재 조건이 된다.

> 심장을 찌른대도 이보다 진할까요
> 몸으로 온몸으로 꽃대를 밀어 올려
> 그대 올 가장자리에 장명등을 켭니다
>
> 별빛도 숨어 잠든 천치 같은 밤이 와도
> 밤이슬 적이 받을 잎새 하나 없어도
> 그리움 하나만으로 빨갛게 불탑니다
>
> 꼿꼿이 지새는 건 기다림도 아닙니다
> 아람도 하나 없이 짓물러 터진대도
> 언젠가 다시 만날 날 꿈결인 듯 오겠지요
>
> — 「꽃무릇」 전문

이 시의 '꽃무릇'은 수선화과에 속하는 여러 살이 풀로 서 산기슭이나 풀밭에 자생한다. "심장을 찌른대도 이보다 진할까요"처럼 이 꽃의 학명은 애절한 사랑, 이룰 수 없는 사랑, 슬픈 추억 등으로 쓰인다. 그만큼 그리움과 기다림이 "몸으로 온몸으로 꽃대를 밀어 올려" 피어나듯이 '빨간 불탑'이 바로 꽃무릇이다. 거기에 이 꽃은 외부 '별빛'과 내부 '밤이슬'을 적시면서 자신을 완성한다. 그 것은 "점점이 살갗을 여며 속마음을 우린"(『부부』) 것 같이 온몸으로 진화되며 "굴곡진 논의 지문이 주인을 꼭 빼닮은"(『도마을』) 것 같이 "사랑이 한 다발이다/꽃자리 마디마디 별빛이 알을 슬고"(『깻단』) 있다.

이 가운데 그는 존재의 본질을 "내 가진 절대 힘이/내 것이 아닌 순간"(『초원은 말한다』)으로 연역해 내면서 시의 형식적 특징과 함께 내재된 세계관을 확장해 나간다. 이를 테면 "비우거라 내려놓거라 스치는 바람 소리"(『무소유길』)에서 "칼칼한 묵언의 말씀 죽비소리"를 듣고, "버려야 하는 것은"(『헌 옷 수거함』) "지난날 집착들"을 수거하며, "가랑잎 지는 소리에/욕심 하나"(『정취암』) 버리는 것. 그럴 때 "열대야 떫은 잠을"(『가시연꽃』) 깨고 "밤새워 뒤척이다" 종국에는 "새벽 창가에/수줍은 염화미소" 하나 건져 올리는 것이, 자의적인 설정 속에서 보편적인 성격을 가지게 한다.

우리 사는 날들이 나쁜 일만 있으랴

가슴에 못 박혔던 친구의 모진 말도

시간이 지나고 보니 고마울 때가 있다

성냄도 미워함도 내 안에 있는 것을

다투고 넘어지고 아파했던 상처들이

아마도 오늘을 사는 힘인지도 모른다

— 「시간이 지나고 보니」 전문

　그에게 있어 시적 원동력은 과거의 시간 속에서 반복되며 병치된다. 또한 순환되는 과정 속에서 자신을 탐색하며 구성한다. 이것은 그의 시가 발생하는 원천으로서 그것은 숙명적으로 과거의 잔재에서 흘러나오는 현재로서 성찰이 담보되어 있다. "시간이 지나고 보니 고마울 때"를 발견하는 것, '이 시간은 저번 시간과 같다'가 아니라 '이 시간 속에서 저번 시간을 탐구'하며 원상으로 돌아갈 수 없는 시간을 돌아보는 것이다. 그러므로 "성냄도 미워함도 내 안에 있는 것을" 발견하게 하면서 과거 "다투고 넘어지고 아파했던 상처들이" 생겨났지만, 그것이 "오늘을 사는 힘"이라는 고백은 상처를 재해석하는 것으로 새로운 재생인 것이다.

　어쩌면 시인에게 성찰과 고백은 자신에 대한 "잔돌은 잔돌 서로 모난 등 다독이며/간밤의 신경통까지 잠재우는 새벽 강"을 건너가는 「아름다운 복수」로서 "찢기고 바랜 홑청 살뜰히 그러안는" 것으로 묘사된다. 때로는 「울

사유의 교량과 망설임 없는 리듬 97

음이 타는 강」과 같이 "한계를 잃어버린 가뭄과 수해 사이"에서 "복수를 훅 토해내다 우걱우걱 삼킨" 사실을 직시하며 "사무친 속앓이는 썰물에 흘려보내고"(「다대포에서」) 상처를 휩쓸고 간 "물결의 잠언처럼" 서쪽 하늘을 수채화로 비추는 언어는 최소한의 말로 모든 것을 말하는 머뭇거림으로 존재한다.

3.

지난밤 무서리에 코끝이 시리더니
뒤꼍에 먹감나무 설핏설핏 물들고
누르면 쏟아질 듯이 하늘은 푸르르다

늦가을 한나절은 햇살이 석 섬이다
노랗게 물든 벼 잎 곱게 흰 어깨 위에
배부른 여치 한 마리 구름을 지고 간다

― 「가을 서정」 전문

이 시조 또한 가을의 정취를 "누르면 쏟아질 듯이 하늘은 푸르르다"라고 힘들이지 않고 가을의 극인 서정에 도달한다. 그것도 가득 차 있거나 풍성한 가을이 아닌 "지난밤 무서리에 코끝이 시리더니/뒤꼍에 먹감나무 설핏설핏 물들고"라고 최대한 언어가 절제된 비약한 것을 통해 "늦가을 한나절은 햇살이 석 섬"이라고 말한다. 그것은 공허한 시간에 환희를 보게 하는 심상으로 '햇살이 석 섬'이라는 늦가을에 대한 은유는 언급되지 않았던 새로운 사물의 기표를 생산해 낸다.

그러나 시인은 왔던 길을 회귀하는 「은어」와 같이 "길은 이미 정해졌다 태어날 그때부터/물살을 거슬러서 가슴이 가는 대로/본능의 혈관을 찾아 쉼 없이 가야"하는 자가 아니다. 하나의 구절을 찾아서 끊어진 행간을 복구하고 극기야는 「불나비」처럼 자신이 완성해 가는 언어에 "이마 들이받고는 쓰러지는 것"에서 일상적인 시적 재질들을 벗어나게 해 주는 시의 본성이 머문다.

> 살갗을 어녹이치는 날밤이 길어진다
> 산문 밖 소리조차 자물쇠를 채워두고
> 강마른 지느러미로 사초의 길 묻는다
>
> 발리고 코 꿰여도 근본은 살아 있다
> 속 깊은 상처가 노랗게 아물 때까지
> 산맥의 굳은 눈발을 봄눈이듯 맞는다
>
> 백태면 어떻고 먹태면 또 어떤가
> 저렇듯 꼿꼿하게 바다를 지우고도
> 진부령 겨울 설악을 가슴으로 품는다
>
> ─「용대리 사내」 전문

위대한 한 사람의 출현은 수많은 사람들이 감당하지 못할 만큼의 유일한 상황을 극복하면서 태어난다. 명태가 설악산 용대리에서 "살갗을 어녹이치는 날밤" 자신의 목을 건 시련이 그것을 있게 한다. 게다가 용대리를 지키는 사내처럼 그 자리를 지키면서 "산문 밖 소리조차 자물쇠를 채워두고/강마른 지느러미로 사초의 길 묻는" 정신. 단절을 의미하지만 그것은 고독이며 새로운 존재의 출발로서 "발리고 코 꿰여도 근본"을 찾아가는 힘이다. 다만 이 힘은 절대적으로 얼었다가 녹았다가를 반복하면서 생겨나는 리듬 속에서 잉태하는 것을 명심해야 한다. 이에 시인의 고독이 "저렇듯 꼿꼿하게 바다를 지우고도/진부령 겨울 설악을 가슴으로 품는" 자에게 적어도 한 편의 시로 응답하는 하는 것.

그것은 "칠 년을/한결같이/그리움에 사무쳐" 리듬을 타고 우는 「말매미」같이 시를 향한 "내 안에/너를 향한/사랑은 끝이 없어" 보이기도 하고, 또한 "타고난 목소리와/물려받은 몸매로" 내일이라는 기약 없이 리듬을 오늘에 싣고 "천둥이 쾅쾅 치는 날"에도 '종일토록 울고' 가는 「베짱이」같이. 모든 변화에도 변하지 않아야 하지만 변하지 않는 세계 속에서도 변화하는 존재에 귀 기울이는 것이 시인의 사명이다. 이로써 말매미와 배짱이와 같이 감각적인 리듬 속에서 발견하며 현상들의 체계 속에 존재하는 '사유의 교량'을 구축한다.

4.

그의 시의 형식적 특징에서 발생하는 리듬은 살펴본

주제와 이미지에 대한 혼성성 요소를 가진다. 이는 현대 시조가 고전적인 형식으로부터 해방되면서 감각적인 내부와 외부의 리듬을 통해 운율화되고 있다. 그의 시조에서 내부에서는 내재적 정형률을 외부에서는 사물의 외재적 운율이 각각의 리듬이라는 하모니를 발생시킨다. 거기에 반복과 병치, 지속성과 순환 등 다양한 운율 기법을 통해 구성되는데 "쓰러져도 일어섰던 생각을 닦고 죄며/웅크린 어깨를 편다 이제부터 시작"(「희망 자소서」)하는 시작詩作이 "수십 장 입사원서 글발"로 채워져 있다.

　　　온 세상을 휩쓰는 코로나 난리통에
　　　긴 장마 스무날을 몸으로 삭이더니
　　　늦여름 떫은 햇살이 과즙으로 고인다

　　　이렇게 설레는 건 너를 향한 기다림
　　　태풍도 서넛 가고 더위도 빗장 풀면
　　　심 봉사 동냥젖 같은 가을맛을 만난다
　　　　　　　　　　　　　　　　　　－「홍시를 만나다」 전문

　　　햇살은 얇게 펴서
　　　잎사귀에 담아두고

　　　새순들 누가 컸나

키 재기 하는 사이

요정이 다녀갔을까
주렁주렁 홍보석

- 「등나무 쉼터」 전문

위의 시편의 오브제인 '홍시'와 '잎사귀'는 허공으로부터 햇살을 받아드린 결과다. 그것의 과정으로 '홍시'는 "긴 장마 스무날을 몸으로 삭이더니/늦여름 떫은 햇살이 과즙으로 고인" 기다림이 빗장을 푼 것이고, '잎사귀'는 자신을 얇게 펴서 '햇살'을 담은 '새순들'이 '주렁주렁 홍보석'으로 맺힌 생산물이다. 우리는 여기서 햇살을 몰입한 대상들의 생성과 성장 그리고 열매를 통해 그의 시가 거리의 언어로서 대상을 비춘다는 것을 발견하게 된다. 물론 거대한 담론이나 헛된 욕망 없이 "든 자리는 몰라도 난 자리는 안다"(「어금니가 빠진 날」)는 상호 침투할 수 있는 사유의 길을 설상수는 열어 놓는다.

이는 「티눈」처럼 "발가락 깊은 곳에/콩알만 한 씨앗 하나"를 통해 "배경도 밑도 없이/심장을 파고"드는 시적 에너지가 "백 년을 다시 살아도/철없으니 사람"(「걱정 마라」)이라는 것을 주체로서 진술하고 인정할 때 설득력을 가지게 된다. 물론 시는 "침묵의 터널 끝을 아무도 모른다"(「자가격리」)처럼 사실을 말하는 것이 아니라 "분명 누군가가 천기를 훔쳤으리라"고 가능하지 않는 것을 말하기도 한다.

〉

가슴에 풀꽃 하나
가꾸지 않으면서

밤하늘 뭇별 하나
담아내지 못하면서

아이를 가르친다며
사십 성상 머물렀다

－「소회素懷」

　우리는 설상수 시인이 머물러 온 전 생애의 시공간을
마지막 시편 「소회」를 통해 밝혀낼 수 있다. "가슴에 풀
꽃 하나" 가꾸라는 논리와 "밤하늘 뭇별 하나 담아 내"라
는 규율을 가르치면서 그러한 법칙이 통하지 않는 그의
반론의 법칙이 아마도 극점에서 역설적이게도 새로운 시
적 명제들을 출현시켰다. 그것은 시의 영역이 가능의 영
역이 아닌 불가능의 영역에서 기존의 의식에서 해방되
며 사유의 변형이 생기는 것과 같다. 이같이 그는 시인
의 말에서 '망설임 없는 강물' 처럼 "자갈돌 흙 모래알 질
긴 강풀 그러안고" 그렇게 '산빛 닮고 풀꽃 닮은' 망설임
없는 리듬으로 닮고 있지만 닮아가는 중이다.